현대시세계 시인선 154

세상 도처의 당신

한기옥 시집

세상 도처의 당신

한기옥
시집

도서출판 북인

시인의 말

어제보다 내일

세상이 환해 졌으면

그대가 따듯해졌으면 좋겠다

2023년 가을
치악산 자락 코스모스 행성에서
한기옥

차례

2부

3부

4부

1부

새가 와서

포클레인이 찔레나무 둔덕을 파헤치고 간 다음 날
동박새 한 마리 잘려나간 나무 둥치에 앉아 해 지는 줄 모르고 지저귄다

집과 아이들을 잃었을 텐데
거짓말하고 있는 거 아니니?
노래하는 듯 보이잖아
혀끝에 맴도는 말들을 참으며
천천히
그의 가락에 익숙해질 즈음
노랫말이 들리기 시작했다

슬픔의 맨 끝방으로 가봐
너의 생이 최대한
슬픔을 다스리는 일에 정직해졌으면 좋겠어

세상에 노래가 될 수 없는 생이란 없단다

저 바닥 모를 사랑이

처마 끝에 매달린 무시래기
미라가 다 된 몸이
손끝만 스쳐도 바스러질 듯 위태롭다

물기 한 톨 남아 있지 않은 몸 어느 구석에
못다 이룬 꿈이 천형으로 남아
화탕지옥 같은 솥 안으로
머뭇거림 없이 뛰어들게 하는 것일까
이미 멈춰버린 듯 보이는 생을 녹이고 뭉개
다시 장렬한 최후를 살게 하는 것일까

한번 숨 놓은 몸을 추슬러 온전히 보시하고 나서
새롭게 태어난 어떤 영혼이
저 바닥 모를 사랑이
아침을 부르고
잠들어 있던 세상 곳곳을 깨워놓는 것일까

바람에 몸 뒤집는 시래기 속에서
살아 있는
부처도 읽히고 예수도 읽히는 것이다

소금산 출렁다리에서

흔들리고 싶지 않은데
자꾸 흔들린다

다리 하나 빠뜨리면 모든 게 끝장이다
흔들리는 다리 난간을 부여잡는 수밖엔 없다

어떤 알 수 없는 힘이 무시로 나를 흔들 때
흔들리는 생을 부여잡고
스스로
곧추서는 일 말고는 없다

풀

몸으로 말하는 풀들이 난 좋다

거센 비바람에 주저앉을 듯 비틀대다가도
햇살 비치면
꼿꼿하게 일어나
나 여기 있어요
눈 맞추는

슬픔이 극에 달했을 때
불쑥 꽃 내밀고 먼 산을 바라보거나
기쁨이 너무 커 말할 수 없을 땐
연두 잎새 말아쥐고 머뭇대는

세 치 혀 대신
모든 걸 걸고 말하는

세상 바람 휑휑해
숨이 턱까지 차올라도 괜찮은 척
살짝 건드리기만 해도 쓰러질 듯 아프면서 아무도 안 아픈 척
견디는 것도

이젠 질릴 때가 되지 않았냐고
풀들이 말하는 것 같다

풀처럼 산다는 건 아무나 할 수 있는 일이 아니겠지만
흉내라도 낼 수는 있지 않겠냐고
어린 풀들을 손으로 쓸어볼 적이면
온몸으로 배어드는 풀물이
오래도록 가슴 저리게 하는 것이다

즐거운 외출

알아주는 출판사에서 시집을 내게 됐다는 시인이랑 밥을 먹다가
시집 대박 나는 것보다
마누라 하는 꽃가게나 잘 됐으면 좋겠다는
그의 말들 시 같아서
가슴 울렁대는 저물녘

손끝으로 시 잘 쓰는 시인보다
온몸으로 시 잘 사는 시인 만나고 싶었어
고장 하나 없는 기계처럼
시도 때도 없이 시 너무 잘 만드는 시인 말고
어느 구석엔가
나사 하나 풀려 있어 죄어야 할 틈으로
마누라도 보이고 학원비 달라고 보채는 아들내미도 보이는
시 조금 못 쓰는 시인 닮고 싶었어

이번 시집 대박 나서
그의 아내랑 어린 아들 웃음까지 대박 터지게 해달라고
함구하던 하느님 부처님 산신령님 찾으며
밤길 걸어오는데

주검 같은 겨울잠에 빠져 있던 골목 구불텅 일어나
휘청이는 종아리 사이로 연신
때아닌 봄 아지랑이 훅훅 불어대는 것이었다

온종일 뜨끈한 것들이

목숨줄 같은 밧줄에 의지해
아파트 외벽을 오르내리던 남자
힘드시죠?
조심스레 건넨 물 한 컵
금세 비우고
주방 밖 어른대다 사라졌었다
외벽 갈라진 곳을 메우기 위해
의뢰받은 일이라는 걸 알았지만
이미 마감을 넘긴 일이었다
두 달 뒤
장대비 오는 날
창틀로 스미던 물 생각나
마른수건 들고 주방 쪽을 살피는데
물기 한 방울 돌지 않는 것이었다

산다는 건
그대와 나 사이
거북이 등처럼 갈라진 틈새 하나 찾아내
물 한 컵 붓는 일
꽃잎 같은 안부의 말 한두 마디 없는 일일지 모르겠다

온종일
뜨끈한 것들이
몰려왔다

한칼의 문장

딸아이 남자 친구를 소개받고
고민하던 때

인생 별 거 없다
한칼의 문장으로
설산처럼 나를 품어준
어머닌 그때 구순이었다

콩 국물처럼 끓으며
물러덩거리던 생각에
간수 한 숟가락 얹어진 듯했다

사랑한다는데 뭘 더 바라냐
그 아이 믿어라

헝클어져 있던 마음
반듯반듯한 두부모로 뭉쳐지는 것이었다

어머니 하늘로 거처 옮긴 후에도
딸아이 결혼해

세 식구 다녀가는 날이면
저 애들
내 눈엔 흐드러진 꽃이다
넉넉한 품 내주셨다

산다는 건
평생을 걸려
누군가를 다독일
한칼의 문장 고르고 마름하는 일일지 모르겠다
그 한칼의 문장
나 지금 제대로 다듬는 중일까

바람이 맵차다

안골 김시창씨

저물녘이면 닭 모이 주러 왔다가 바람처럼 나가는 김시창씨 내외가
따끈한 달걀 한 판을 안기고 간다

푸른 트럭을 몰고 희망배달부처럼 들어와
곳곳에 부려놓은
그간의 웃음소리들이
일제히 고개를 든다
봄볕 같던 그의 목소리도
어둠 숲에 등불을 매단다

놈들도 사람과 한가지라
꿈속까지 따라와
심장 찢겨나갈 듯 우는데
하루라도 농막에 안 들어올 재간 있나요
눈 맞추고 나가면
내 안에 웅어리져 있던 것들이
하르르 녹는 것 같아
둥지 속 알들
주인 없는 캄캄한 시간을 견뎌낸

꽃봉오리 같아…

그칠 것 같지 않은 그의 노래

세상을 향해 뾰족하게 날 세우고 산 시간 속
좀처럼 무뎌지지 못하던 생각들을
알처럼 동글동글 닦아
내놓는 것이었다

김치, 김치들

짜지도 싱겁지도 않게 간을 맞춰야 한다구요?

넘치지도 모자라지도 않게
살아냈냐고 살고 있냐고
지금 묻고 계시는 거예요?

아름답게 섞여 흘러가야 할 자리에서
핏대올리며 내 말만 내 말이라고 안 했었나?
정작 목소리 짱짱했어야 할 대목에선
나 편하자고 비굴하게
팔장이나 끼고 있지 않았었나?
빨갛게 밑줄 쳐진 곳 투성이인데
수정이 안 되네요

남은 생
빽빽하지도 느슨하지도 않았으면 좋겠다고
소복 입은 수염 긴 어른 한 분
소금물 부어놓은
김치 다라이 안에 누워
일어날 줄 모르신다

모르겠어요
생은 아직도 안개 속이고
희부윰한 연기만 피식피식
날아올라가는 거 같아

이 생 마감하기 전에
그대 입맛에 착착 감기는
김치, 김치들
세상이라는 큰 상에 올려놓을 수 있을까요? 나

누군가를 만난다는 건

사람 마음을 읽을 줄 아는 나무는 기특하고 무섭다

올 봄 뜰에 온 한 그루
뿌리내리기만도 힘에 부쳤으려니 쓰다듬는데
불쑥 봉오리 하나 내밀고
눈 맞추는 게 아닌가

오래 전부터 짝사랑한 나무예요
내년엔 마당 환하게 밝혀줄까요?
난 꿈을 이룬 듯 기쁠 거예요

오며 가며
뱉은 말들
새겨뒀던 게 분명하다

나무 안에 깊은 우물 있어
그를 향해
덜어낸 마음자락이며 소망의 말들 품고 출렁거리다가
더 쟁여둘 곳 없게 된 날에
꽃봉오리 들고

눈 맞추는 거 아닐까요?

누군가를 만난다는 건
마침내
그의 마음에 꽃봉오리 하나
매다는 일 아닐까요?

나무가 나를 끌고
어딘지 모르는 곳으로
기분 좋게 내달리는데
오싹해지는 것이었다

옥양목 머플러

양파껍질 말려 삶아 치댄 물이에요
횡성 정례 시인 가게 갔더니
옥양목 머플러 한 장 새색시 적 얼굴을 하고 내미는데
연둣빛 도는 나뭇잎에 귤빛 노을 은은히 비쳐들 때 어리는 색이라 말해야 하나
쪽빛 바다에 옥빛 하늘 반쯤 들어와 누운 낯빛 같다고 해야 하나

어느 날 홀연히 세상 떠난 뒤에
남게 될 내 껍질 한 자락
저렇듯 은근한 빛으로 당신 맘 사로잡을 수 있을까
가루로
남겨질 내 허물 한 접시
양파껍질 삶듯 우려낸 뒤
흰 옥양목 천에 물들인다면
어떤 빛으로 그대 눈가 적셔줄 수 있을까
내 빛깔이며 향기에 걸려
정신 못차릴 이 있기는 할까요?

행여

부끄러운 속내 열꽃처럼 돋아나기라도 할까봐
나는 옥양목 머플러로 연신
얼굴과 목을 가리며
딴청을 부려보곤 했던 것이다

어머니經

친정어머닌
경찰이던 아버지가 산동네에 나타나
조사할 게 있다고 해 불려나가
취조당하듯
아버지를 만났단다
아버진 뉘 집 처자 참하단 소문 듣고
벌인 일이니
그 길로 매파를 보내
혼인날을 잡았단다
오십사 년 세월
건강이 나빠 직장을 그만둔 뒤에도
아버진 늘 목소리가 쩌렁쩌렁했고
엄마는 큰 숨 한번 낼 줄 모르셨다
바닥까지 낮추고 무너지기 위해 세상에 오신 거야요?
난 엄마가 맘에 들지 않았었다

그런데 언제부턴가
우리 사남매 결혼해 객지에 흩어져 살다
모이는 날이면
아버지 밥상 가득 넉넉한 웃음을 펴보이며

너희들 이만큼 공부시키고 출가해 잘사는 게 다 네 엄마 덕이다
그리고는 일어나
평생 엄마에게 시키던 커피 물을 손수
가스 불에 올리시는 거다

누군가에게 마음 다치고 찾아간 저녁
엄마가 했던 말
바람결에 자주 들려오는 날들이다

속상해하지 마
질수록
이기는 거다

한숙씨 아부지

돌아오는 장에 소 팔러 가요?
밥상머리에서 물으면
아서라 행여 그 소리 누렁이 듣고 서운해한다
울 아부지 경을 치셨어
희한한 건 다음 날부터 누렁이
두 눈만 끔벅거릴 뿐
여물을 배불리 먹지도 않고
곱이 낀 눈으로
먼 산 바라보는 일이 잦은 거라
말 안 해도 먼 길 떠나는 날 아침이면
다 알고 가기 싫어하는 녀석인걸
가슴에 대못박을 일 있누
소도 알아듣는다
말 못하는 짐승 앞이라고
함부로 지껄이면 벌 받는다
한숙씨 칡넝쿨 같은
기억을 꺼내 서리서리 저녁 밥상머리에 얹는 것이었다

밤 이슥해
삼삼오오 집으로 돌아가는 길

먼 여행 떠난 지 수십 년째라는
한숙씨 아부지
어여 오라며
캄캄한 산길을 환히 비춰주는 것이었다

혼났다는 말

오늘 혼났지?…
전화해
별말 없이 끊은
수화기 속 남편 목소리
오래도록 귓바퀴 안을 웅웅댄다

어느 먼 데를 떠돌다
이토록 다 늦은 생의 저녁나절
내게 왔을까
짧은 듯 끝 간 데 없이 긴 말
힘들었지,
내가 다 알아,
참아줘 고마워…
달려나오는 젖은 문장들

내게 당도해 오래 전부터 당신께 가길 원하고 있었을
말들의 길목을 내가
절벽처럼 막고 산 건 아니었나

내 안에 가두고 있던

먼지 낀 그 말

뽀득하게 닦아보는 어스름녘

'나'라는 깜깜한 행성에 불시착해
꾹꾹 아픔 삭이며
어쩌면
수십 년
죽은 듯 견뎠을지 모를
그대, 그대들

혼났지?

세계여! 사랑 안으로 걸어들어가

아프리카 열대 오지
이제 막 걸음마를 배운 어린애 둘을 데리고
수십 리 길을 걸어가 물통 가득 물을 채운 뒤
온 거리만큼의 길을
그녀는 걷고 걷는다

남편의 무덤에
길어온 물을 남김없이 붓고
그이 영혼이 마르지 않게 해달라고
빌고 또 빈다

오늘
그녀가 화탕지옥 같은 사막을 견디며
물을 찾는 이유는
애오라지
떠난 사랑의 내세까지를 지성으로
보살펴주기 위한 일

세계여!
사랑 안으로 걸어들어가

우리 함께 죽자, 죽자

내일도
모래바람 속에서
그녀는
뜨겁게 죽어가며
시퍼렇게 살아남을 것이다

2부

혀

내 혀가 언젠가
당신을 벤 적 있었을 것이다
알게 모르게
날 세운 말들로 당신을 넘어뜨려
나를 향해 다시는
일어설 수 없게 만들어버렸을지 모를 일이다
시퍼렇게 벼린 혀 속 칼로
내게 오고 싶어한 당신의 그 길을
조각내버렸을지 모를 일이다
지독하게 아픈데
곁에 두고 싶은 이 하나 떠오르지 않고
쓸쓸함이니 막막함이니 하는 복병들만
거미줄처럼 들어차
사납게 숨통 죄어오는 밤을
무어라 불러야 하나

클로징멘트

오늘 하루 노래처럼 사세요

아침 뉴스 보다가
파릇파릇한 아나운서 클로징멘트에 걸려 넘어졌다

나부끼라고
화내지 말라고
말랑말랑 보드랍게 살라고
냇물 흐르는 소리로
종달새 말하는 소리로
나뭇잎에 떨어지는 빗방울 소리로
아침햇살 웃음소리로
노래하듯 살라고
당신 노래 흘러가
세상이 환해졌으면 좋겠다고
분명 내일은 어제보다 세상이 한 뼘쯤 나아질 거라고…
말하는 것 같아

종일
가슴이 뛰는 것이었다

뉴스 보면서 드는 생각

못나고
억울하고
아픈
사람들이

차고 넘치는데

잘나고
기세등등한
몇 안 되는 사람들끼리

굴려보려고 하니
세상이
꿈쩍않는 거다
앞으로 나아가지 못하는 걸 거다

복수초

마냥 겨울일 것 같은 세상도
덤덤히 지나갈 거라고
호호호
어김없이 돌아온 봄꽃무더기를 TV로 만난다
이런 뉴스로 세상 가득하다면야 뭘 더 바라겠어요
뜨거워져
지난해 텃밭에 심은 복수초 생각났다
설악에서도 보인다는데 우리 집만 감감하다고
텃밭 언저리 갈아엎으려는데
썩은 나뭇잎 새 햇아처럼 머리 내밀고 웃고 있는 게 아닌가
아직 안 보이는 거 보면
안 오기로 했거나
잠깐 왔다가 저 별로 돌아간 게 분명해
수십 번도 더 네 목에 칼 꽂은
날 비웃듯
살아서 돌아왔구나
너처럼 더디게 느린 걸음으로
사방에서 눈가리고 오고 있을 것들을 위하여 경배!
더디게 와
더 뜨겁게 오래오래 곁주고 싶어

그러니까 코로나든 불한당이든
지치지 마요 우리
복수초가 다물고 있던 입술을 수줍게 열었다 닫는다

물에게 미안하다

그해 사월
배를 타고 여행을 떠난 수백 명이
바다에서 돌아오지 못했다
죄지은 이를 벌해야 한다고
나라 안이 들끓었으나
잘못했다고 머리 조아리는 이도
책임지겠다는 이도 별반 없이
이들의 죽음이 공중부양되는 듯했을 때
나는 희한하게 자주 물이 떠올랐다
물만 한 죄인이 더 있겠나?
만일 물이 작정하고
벌인 짓이라면
물을, 물을, 물을
어떻게 돌려세워야 하나

지구에 와 수십억 살 잡수신
거꾸로 흐르는 걸 본 적 없는
물 어른
저지른 일이란 게
청천벽력으로 다가오는 것이었다

물처럼 살지 못한 죄
물의 맘 흠집 내고 아프고 화나게 한 죄
세상에 넘쳤으리라
내 안에 차고 넘쳤으리라
물이 칼춤 추게 한 죄
선량한 사람 목을 치게 한 죄
무엇으로 벌해야 하나?

어쩐지 나는
물을 미워할 수 없었다
물에게 미안해 견딜 수가 없었다

태풍

눈물로 중무장했으나 연민을 느끼게 하는 놈들이 아니다
내버려달라는 풀들의 모가지를 사정없이 짓밟고
바깥에서 문 잠그고
으름장놓길 즐겨해
놈들이 나타나면
거리에 사람 그림자 하나 얼씬대지 않는다
발걸음만 잡아묶는 게 아니다

무서워
세상이 뒤집어지는 거 아닐까
살아남을 수 있을까
숨쉬고 싶어
사람들마다
진양조 가락을 켜게 하는 데에 더욱 잔인함이 숨어 있는 것이다

가끔 나도 힘센 사람이고 싶어
처음부터 중심 밖으로 부초처럼 떠돌기를 즐겨한 생이 있을까
가운데로 들어갈 수 있게

불한당 같은 힘을 좀 빌려달라고
그 재주 한 수쯤 가르쳐달라고 애원도 해보는 것이지만

하늘에 귀를 두고 온 모양인지
자기 말만 참말이라고
기고만장해지는
저 막무가내식 놈들을
내 생에 얼마나 더 견뎌야 하나

내 시 한 편이

이른 아침
취한 얼굴로
아파트 마당을 휘젓는 남자
흙강아지가 다 된 몸으로
지나가는 사람마다 붙들고 호통친다
몇몇 이름 고래고래 부르며
나와 엎드리란다
호방한 웃음소리에
아파트가 통으로 날아갈 것 같다
그이 가까이 얼씬거렸다간
뼈도 못 추리겠다고 생각한 고양이가
슬금슬금 비켜간다

저이라고 세상에 대고 천둥벌거숭이로
소리질러 보고 싶은 맘 무시로 없었겠냐고
날아오르고 싶은 순간 없었겠냐고

그이 몸에 달라붙어
용기 패기 오기 자존심… 다 살려주고 계신 술 신에게
감사함과 경외감이 밀려들다가

마지막엔
내 시 한 편이
누군가에게
술 신의 반, 혹은 반의 반절이라도
힘이 되고 위안이 되어준 적은 있나

화가 나고 쓸쓸해
견딜 수가 없는 것이었다

장날

유세차량 옆에서
꽃집 남자가 제라늄 화분에 물을 준다
난 다만 내가 만지는 애들이 꽃망울 터뜨려
세상을 한 뼘쯤 환하게 밝혀줬으면 좋겠어요
나머진 부풀려진 꿈 같아요

한 포기 사들고 나오려는데
남자 또 한마디 한다

비싼 도자기 분에 심지 마세요
사람 욕심이지요
벽이 두껍고 숨구멍 좁아 견디다 끝내 죽어요
볼품없지만 얇고 구멍 숭숭 뚫린 화분을 화초가 좋아해요
애들이 뭘 좋아하는지 살피는 게
내겐 좋은 나라 만드는 일이죠

시장을 통으로 삼킬 듯 쿵쾅거리며
나라와 국민을 수없이 들먹거리는 사람들 숲에서

남자는

칼랑코에 율마 바이올렛 히야신스…
작고 앙증맞은 것들을 차례로 매만진다

꽃가게 남자를 대통령으로 뽑은 화초들이
번질번질한 도자기분 그만 팔라고
차량 위
목소리 큰 남자를 뚫어지게 쳐다보고 있다

생이 많이 추웠겠다

한때 믿었던 것들이 꽤
있었다

있기는 했었나?

나 아니면 안 된다고
난 옳고 넌 틀렸다고
수많은 너들을 밀어내느라
닿아야 할 곳에 다가가지 못한 채 떠돈 거 아닐까
오래도록 블랙홀에 빠져 산 건 아닐까
색안경 끼고 살아
세상이 본래 무슨 색이었던 건지 알려고 하지 않은 채

그렇지 않고야
나만 쏙 빼놓고
모두 어떻게 저렇듯
아무 일 없는 것처럼
한 덩어리로
잘 굴러가는가

나만 까탈부리지 않으면
온전히
한 덩어리로 잘 굴러갈 거라는 걸
모두 아는데
나만 모르고 산 건 아닌가

세상이 내게 많이 야속하고
원망스러웠겠다

허물어버리지 못하는 담장 바깥에서
생이 많이 추웠겠다

행복나무 파는 사람

행복나무 파는 풍물시장 꽃가게 여사장
목소리가 천둥 같다
한 그루 만 원
거실에 놓으면
주구장창 행복이 따를 겁니다
목소리에 밴 여유와 자신만만함 속으로 들어가
한나절 쉬었다 나오면
세상 어떤 근심도 날려버릴 수 있을 것 같다

저이는 행복을 주체할 수 없어서
거리에 나와 행복을
핏대 올리며 나눠주고픈 걸까
찜통 같은 더위에
밥때도 놓쳐가며

행복하고 싶어서
행복에 필요한 만큼 돈을 달라
애원하는 걸까
저이가 파는 행복나무
거실에 데려다 물 주면

세상 어떤 액운도 물리쳐줄까
나 행복이 넘치는 사람 되어
행복이 물큰물큰 묻어나는 시를
만나는 이에게 선물할 수 있을까
캄캄한 세상이 내 시를 선물 받고
환해질 수 있을까

행복나무 갈무리해
시동 거는 여사장 트럭에 몰래
나를 올린다
트럭이 가쁜 숨을 몰아쉰다

폭염

옥잠화 물봉선 제비꽃
능소화 자운영 구절초…
버스가 온통 꽃밭인 적도 있었다

꿀꿀대는 돼지 여섯 마리
왈왈거리는 개 세 마리
목이 쉰 닭 다섯 마리
눈에 불을 켠 호랑이 두 마리…
버스가 동물농장으로 변해버렸다
이건 내가 타려고 한 버스가 아니잖아
내리고 싶은데
버스는 계속 달리고
잠깐 멈춰선 정류소
문이 열리지 않는다

이렇게 살려고 한 게 아닌데, 아닌데
심장이 타들어갔고
철부지 버스는
알아들을 수 없는 노래를 계속
흥얼거렸다
정오였다

어버이날

더이상 삶을 꿈이라고
꿈을 삶이라고
뒤집어 말할 수 없게 된 날이 네게도 오는 것일까

마침내
방문을 걸어잠그고
조그맣고 연약한 곤충으로 허물을 벗게 될 날이
네게도 오는 것일까

나의 폐허가 너를 일으켜 세우리니
나를 소멸케 하라, 소멸케 하라

자격증 같은 것도 없이 엄마 된 거
부끄러워하라고
하루쯤 문 닫아걸고 펑펑 울고
가뿐하게 걸어 나오라고 만든
오늘은 어버이 날

산 기옥

주말에 밥 한번 먹자
초등학교 동창에게 날아온 문자메시지
답장 끝에 이름자 넣는다는 게
산 기옥을 만들었다
나를 뚫어지게 보는 새 이름자 남 같지 않다
죽은 듯 연락 안 (못)하고 지내온 날들에 대해
이보다 더한 자기 해명 없겠다 싶고
이만한
자존감 드러내보이는 이름 없겠다 싶다

세상에 대고 큰소리 큰 숨 한번 제대로 내지 못하고 산 그간의
지리멸렬 미적지근했던 생에 대하여
간혹 그걸 무슨 군불처럼 곁에 끼고 미덕인 양
합리화시키며 살기도 했던 날들에 대하여
사는 것처럼 살아요!
한방 먹이는 거 같다

산 기옥이라 쓴 이름자 앞에서
어깨 곧추세우노라니
오랜 날 염하고 유폐시키듯 살아온

체중 같은 시간들이
쏴아 내려간다

나는 크게 심호흡 가다듬고
망설이던 문자를 힘껏 날려보내는 것이다

그래, 그래
밥이나 한번 먹자

산 기옥 보냄

산등성이 너머로 가는 길이

자주 산등성이에 눈길이 간다
언제 나서 언제 떠났는지 모를 이들이 듬성듬성 뗏장을 덮고 누워 있다
진달래가 피고 산목련이 피고 쑥국 새가 운다
외로움을 유난히 탔던 사람들이라 사철 벗들이 끊이지 않는 걸까
생전에 못다 부른 노래가 많은 이라 저 새는 곁을 떠나지 못하는 걸까

능선 너머로
떠난 아버지가 얼비치다 사라진다
십 년 넘게
언제 다시 오마, 기별 한번 없더니
자주 보인다
늘 천둥과 벼락을 몰고 오셨지
하고픈 말을 입속에 가두고 난 쩔쩔맸었지
죄지은 아이처럼
아버지는 저세상에서도 문을 닫아걸고 계실까
어쩌면 말짱
내가 당신을 가두고 자물쇠로 채워놓아

평생을 내게 문 열지 못하도록 한 걸 감추기 위해 지어낸
소설은 아닐까
저 산등성이를 자꾸자꾸 걸어가면 아버지 사는 나라에
당도할 수 있을 거 같다
그때 내 손 덥석 잡아주실까
먼 산등성이가 어제보다 가깝다
햇살이 잠깐 비추다 사라진다

산등성이 너머로 가는 길이
내장 속까지 환하게 들여다보이는 날이 많다

바람 부는 오후

아침에 내가 죽었다
보슬비 잠깐 오다 그친 마당에
어제처럼 새떼 날아와 놀고
주목나무가 측백나무에게
"좋은 날이야" 말을 건넨다
확성기를 튼 남자가 푸른 트럭을 몰고 대문 앞으로 지나가고
택배기사가 어제 주문한 과일상자를 봉당 안으로 밀어넣고 사라진다
수레에 돌을 싣고 가던 한숙씨가
"이 언니 밤에 또 못 잔 모양이네" 집안을 기웃거리고
오토바이를 타고 온 우체부가
지인이 부쳐온 시집을 빨간 우체통에 넣고 바람처럼 사라진다
어제처럼 이웃집 라디오에서
"나는 이제 지쳤어요, 땡벌 당신은 못말리는 땡벌…" 노래 흐르고
쑥부쟁이와 벌개미취가 "상쾌한 오후야" 쉴 새 없이 꽃잎을 밀어낸다
핸드폰 신호음 두세 번 길게 울리다 끊기고

목청 고운 새 전깃줄에 와 노래하다 하늘로 날아간다
들고양이 한 마리 제 집인 듯 앉았다 나가고
주인이 집을 비운 모양이야, 고라니 춤추듯 뛰어들어와
파릇파릇한 채소 몇 잎 뜯어먹고 산등성이로 달아난다
무덤 속 같은 고요 두 시간쯤 흐르고 산그늘 마당에 내려
오자
짝 돌아와 소파에 누운 나를 흔들어 깨운다
깨워도 깨워도 나 일어나지 않는다

3부

너 떠난 후

네가 온 후로 나라는 말이 생겨났고
네가 있어 때때로
안아주고픈 내가 생긴 일이겠거니 생각하면
네가 칼을 꽂고 떠나간 시간이야말로
꽃 같은 시절이었음을 뒤늦게 알겠다

너는 거기 있고
나는 여기 있다
우린 어제처럼
만나지 못할 소실점을 향해 달려가겠지만
네가 준 상처의 무게만큼
내가 나를 덜어내고 단단해질 수 있어서
얼마나 다행한가

장마 올 거란 일기예보를 듣다

어느 먼 곳을 헤매도는 거냐고
바깥 먼지 쓸고 터는 일 그만하란다
한데 거울 그만 보고 속 거울 들여다보란다

씨알 하나 줄 테니
묵정밭으로 버려둔 마음 자락
김 매고 돌 고르고 거름 주고
살뜰히 심어
어여삐 가꾸라고
문밖에서 대못 치는 날 수시로 있을 거란다

속 깊은 데서 봉오리 맺었다가 시나브로 피는 게
귀하고 눈부신 꽃이라고
장미 라일락 옥매화… 만나러 야단법석
떠도는 일 그만두라고

철컥
빗장 하나 내린다

세상 도처의 당신

야채 자르다 왼손 검지를 스치듯 베었다
말썽을 일으킨 가위는 주방 진열대에 걸려 태연한데
뭉근히 저려 왼팔을 쓸 수 없다

내 눈이 본 건
대수롭지 않은 상처였으므로
금세 아물겠거니 했던
오래 전
기억 하나

티끌만치 희미해
금세 나아질 거라고
안심하던 내내
너 혼자 쓰라렸을 어떤 시간들이
와락 나를 덮쳐왔다

온몸에 화농처럼 번져
욱신거렸겠구나

무례한 내 가위에 베어졌을
세상 도처의 당신, 당신

외삼촌

전화 걸면
열심히 쓰라는 말
잊지 않는 외삼촌

시 안 쓸란다
낼모레면 구십이다
시 쓴다고
평생 아프고 까칠했었다
힘에 부친다…

잠깐 사이 됐다
서둘러 끊는다

고되게 부렸으니 내게서 신물날 때도 됐다
말들이 자꾸 떠난다는데 붙잡는다는 건 다만
노욕일 거다
그들도 그들이 원한 바가 있을 터

수화기 너머에서
울울하게 와 박히는 심사들

이 또한 내게 온 시라면
모셔야 마땅할 거다
접신하듯
왼밤내 받고 계실
그이의 시

징하다

수선집에서

허리 터진 남방을 금세
꿰매고 약 발라줘
아 개운해라
노래 부르게 하는 당신
생이 힘에 부쳐
그만 살고 싶다는 바지도
당신 손 닿고 나면
세상 한가운데 당당하게 다시 설 수 있게 됐다고
방글거린다

아픈 옷가지들을 입원시켰다 찾아가는 이들이 보통 단골이지만
옷도 맡길 일 없으면서
재봉틀 둘레에 앉아 차를 마시고
말을 섞고
무릎을 치며 웃어젖히다 가는 사람들이
진정한 단골이란 걸 나는 안다
풀무질하듯 재봉틀을 돌려 군불 지피고
맘이 추운 사람들을 불러들여
고정 관객 만들어버리는 당신

나보다 잘나고 돈 많은 사람도 열어보면
다 힘들고 아파요
산다는 게 그래요
재봉틀 앞에 앉은 지 오십 년쯤 됐어요
일할 수 있어서 꿈 같아요

수선집 와보면
누구든 안다

그대가 들려주는 인생 노래가
얼마나
반짝이는 보석상자인가를

불판에 코를 박으며

주택재개발단지에서 일하는
남편 친구와 늦은 저녁을 먹는다

희한하게 사람들 떠나면
실하던 나무들이 푸석대고
그 틈새를 벌레들이 알고 사방에서 들어와 집을 짓지요
그립고 쓸쓸해
더 살고 싶지 않다고
말하는 거 같아
나무 앞에서 함부로 군 날들
돌아보게 돼요
맨 먼저 나무에게 물었다면…
아파트 들어서는 거 손사래쳤을 텐데
마을 어르신보다 오래 전부터 거기 살았던 나무들이 많은데
우린 이 별에 사람만 주인인 줄 알아요
어쩐지 자꾸
몹쓸짓 하는 거 같고
저들 목숨을 담보로 내가 돈 받는 거 같고

나는 어떤 대답도

다 늦은 말 같아서
불판에 코를 박으며
이 집 고기 맛있다는 말만 되풀이하는 것인데

뾰족한 뭔가 가슴 깊은 데를 사정없이
후벼파는 것이었다

된장을 담그며

내 이제
니들 곁 더 지켜줄 수 없는 거라
맘대로 안 되는 게 생인 거라

버덩에 솥 걸고 불 앞에 오롯이 앉아봐라
메주콩 흐벅지게 삶아 꽉꽉 밟아
새끼줄에 매달아놓고
콤콤하니 뜨는 냄새 오면 가면 맡아봐라
그게 생인 거라

정월 말 날 기다려 소금물 짭쪼롬하니 부어놨다가
진국으로 우러났다 싶거든 장물 떠 푹푹 달여놓고
오지항아리에 지성으로 된장 퍼 담아봐라
묘한 거라
그제야 생이 삐뚜름한 코빼기 잠깐 보여줄라나
불평할 게 없는 거라
이러쿵저러쿵 말할 게 없는 거라

씻어놓은 항아리 안에 든 어머니
좀체 나오실 줄 모르는 거라

기름기 번지름한 속을 연신 훑어내리시는 거라
허한 속으로 뜨거운 바람 훠훠 불어넣으시는 거라

춘천에서

어느 늦은 저녁이었어요
우린 차를 마시고 있었는데
그 사람의 향이 너무 진해서
난 도무지 차 맛을 짐작할 수 없었어요
유키 구라모토가 흘러나오고 있었고
난 그 사람을 사랑한다고 말하려다
유키 구라모토를 좋아한다는 말만 되풀이하고
창밖을 내다보고 있었어요
그 사람을 사랑한다고 말하려다
호수에 반쯤 잠긴 섬들이나 무심히 바라보고 있었어요
그 사람을 사랑한다고 말하려다
어스름 속 나무들을 쓸쓸히 쳐다보고 있었어요

세상에
음악이니 섬이니 나무들이니
하는 것들이 없었다면 어땠을까요
그날 이후
당신이 내게
느린 음악처럼 다가와주었을까
호수에 비친 섬 그림자처럼

잔바람에 떨던 어린 나뭇가지처럼
다가와주었을까

그날
당신을 향해 있던 내 마음이
음악이며 섬이며 강물에
한없이 닿아 있었노라
그렇게라도 내 사랑을 고백하지 못했다면 …

남편과 나

송곳날 같은 말들을
가슴 밑바닥에 체증처럼 담아누르며
머뭇머뭇

그런데 요즘 식은땀이 늘었잖아요
잠든 그의 이마를 짚어보는 날이 늘어가는 것이고
어느 저녁
치우지 못한 방을 열며
좀 지저분한 게 사람 사는 집 같아 좋다고
엎지르던 웃음과
양말을 뒤집어놓았다는 잔소리에
아이처럼 머쓱해하던 표정이 달려나와
함께 창밖을 내다보곤 하는 것이다

나는 무덤 속까지 가져가려던 허물이라도 들통난 것 같아
만지작거리던 자루 속 뾰족한 말들을
슬며시 으슥한 꿈속 벼랑에 부어버리고 돌아오는 날이
잦아지곤 하는 것인데

그렇다고

한 가지 색으로 섞일 것 같지도 않은데
이 사람을 떠나서는
살지 못할 것 같은 기이한 예감과
어둠 속에서 기어나와
혈관 전체로 뭉근히 스며 흐르는
이 미적지근한 것들을
무어라 불러야 하나?

그래도

풍물 장날
나물 팔러 나오는 팔순 여인
억울하게 시비 걸던 이
터무니없이 물건값 깎던 이
구슬러 보내고
웃으며 한 말씀 하신다
그래도
나쁜 사람보다
세상엔 좋은 사람이 많아요
그래도
미운 사람보다 이쁜 사람이 많아요
그래 늘 장에 와요
삭신이 쑤셔 나오기 싫을 때가 많지만
그래도
파장하고 돌아가
손주들한테 용돈 줄 적에
사는 재미가 나요

세상엔
그래도라는 섬에

집이 있는 사람과
집이 없는 사람이 산다

나 그래도에 집 한 채 마련하고 살았나

내가 내게 미안해서

나 편해지려고 그 사람에게 먼저 가요
유령이 돼버린 사이
알면서도 모르는 척
내가 먼저 빵 굽고 맛난 거 챙겨서 가요
날 사랑해주고 날 편하게 해줘야 하니까
나를 아프게 하고 싶지 않은 건데
사람들은 내가 속없이 좋은 사람인 줄 알아요
나만 아는 방법으로
나를 위해주고 아껴줘야겠다 생각하는
이기적인 사람인데
아무도 그걸 몰라요
마지막에 웃는 사람이 되고 싶어서 먼저 져주려고 해요
길게 보면 지는 게 이기는 거거든요
그걸 몰라
상처받고 세상 끝나는 것처럼 생각한 적도 있지만
내가 측은해져서 이제 그렇게 안 해요
날 안아줄 사람은 나밖에 없거든요
날 학대하고 곤경에 빠트리게 할 이유 없어요
나는 어떤 경우에라도 나를 사랑해요

그래야 결국엔 나 아닌 것들을 사랑할 수 있거든요
올해 마흔둘이라는 그녀

이런 큰 사람이 살아
아슬아슬하긴 해도
세상은 깨지거나 바스러지지 않는 걸 거다

내가 내게 미안해서
더 살아야겠다

뻘

어둠 헤치고 농막 다 올라와
마당에 차 바퀴가 빠져
견인차를 불렀단다

좁고 가파른 길 다 올라와서
벌어진 일이라니
짐작 못한 일이네요
우리가 모르는
어디에 그런 뻘이 있었죠?

혹시
내 안에도 내가 모르는 뻘 하나 만들고 살았던 거 아닐까요
그렇지 않고서
이게 아닌데 하면서
수십 년
빠져나올 수 없게
놔주지 않는 정체불명의 삶이라니

가끔 내 생에도
견인차 한 대 부를 수 있다면 좋겠어요

덕지덕지 달라붙은
나 아닌 나 다 떼어내고
맨 처음의 나로 돌아가
세상 어디든
다시 굴러갈 수 있다면 좋겠어요

그러니까 늙은 게 아니고

언덕 올라오다
노을에 비친 그의 모습을 우두커니 바라보았다
불한당처럼 쳐들어온 흰 머리칼과 골패인 주름들을
어떻게 돌려세우나
내 기분이 그에게 건너갈까봐
쑥부쟁이 꽃잎을 훑어 손바닥 안에 쥐었다 놓기를 되풀이하다
끝내 진정되지 않는 속에 것 있어

나 많이 늙지 않았어요?
너스레처럼 던진 질문에
첼로 현 그어대듯 그가 말한다

이제 곧 산봉우리부터
나뭇잎 물들겠지
당신이나 난 지금 생의 가을
한가운데 와 있는 걸 거라구
늙은 게 아니고
곱게 단풍든 거야 당신 지금

이런 사람이 평생
함께 걸어온 줄 모르고
해마다 단풍 곱다는 산 찾아
먼 데를 쏘다녔다

흑백영화 보는 밤

가랑비 추적이는 날
오래된 흑백영화 본다
이미 저세상 사람이 된 몇몇이
순정하고 어눌한 말투로
감추지 말고
마음을 죄다 꺼내놓으란다

서늘한 저 너머의 세상에서
후덥지근한 이쪽의 나를 뚫어지게 바라본다

나도 한때 흑백필름이었던 적 있었죠
세상의 모든 당신 앞에 서면 온통
부끄러워 가슴 쿵쾅거렸던
사소한 슬픔 앞에서도 펑펑 울던
그 필름 낡고 못쓰게 돼
버린 지 오래죠
흑백영화 속으로 나 다시 되돌아갈 수 없을 것 같아
흐린 눈으로 웃고 있는 나를
누가 들여다보고 우는지
빗소리 그칠 것 같지 않다

난 이제껏 무얼

어제까지 아무런 작별인사 없던 이들이
다시 못 올 곳으로 떠난다

내 가슴 뜨겁게 달구던 이들만
무언가에 홀린 듯
서둘러 간다

그들에게 다가간다고 했으나
그들을 옥죄어
한 발자국씩
물러나게 했던 걸까
나도 모르는 내 안의 어떤 힘이
그들을 밀어냈던 걸까
먼 데서 눈에 불 켜고 보던 이 있어
나처럼 그들 냄새에 반해
보쌈하듯 데려가는 것일까

난 이제껏 무얼 본 걸까

그들은 내게 무얼 얼마만큼
보이길 원했던 걸까

4부

마음 바꾸니

풀 함께 살 거라 생각하니
떼거지로 몰려다니는 연둣빛 얼굴들
다 내 아이들 같습니다
민들레는 민들레라서
괭이밥은 괭이밥이라서
병아리풀은 병아리풀이라서
어여쁩니다

때 되면
여기요, 여기요
꽃송이 치켜들고
눈웃음 자지러집니다

마음 바꾸니
천지사방
꽃밭 아닌 곳 없습니다

시월

마당 가득 바람이 들어와서
나무 그네를 흔들고
코스모스를 흔들고
구절초를 흔든다

아그배나무를 흔들고
모과나무를 흔들고
배나무를 흔든다

펼쳐놓은 시집 위로 올라가
앞으로 넘기고 뒤로 넘기고를
되풀이한다

마당을 금세 잔치판으로 만든 바람이
내게 슬몃 말 건다
모두 흔들게 할 수 있는데
넌 흔들 수 없네
도대체 무얼 지키려
꼿꼿한 거니?

버려야 보이는 것들을 볼 수 없을 뿐만 아니라
흔들리지 못하니
늘 아픈 거야

바람이 쉰소리를 내기 시작했다

나뭇잎을 새라고 불러보는 십일월의 늦은 저녁

나뭇잎이 새 같아요
입 모양이
새를 닮은 그녀에게
새를 좋아하세요?
물으려다
그녀를 무겁게 하고 싶지 않아
떠다니는 나뭇잎들만 아이처럼 바라보았다

나뭇잎에 새가 알을 슬어놓은 걸까요?
알에서 나온 아기 새
어느새 저렇게 나는 법을 배운 거야요?
저런 마술은 처음이라고 말하려다
어둠이 자리 넓히는 모양만 가만히 내다보았다

나무가 새가 되고 싶은 꿈을 꾸고 있단 걸
가을은 어떻게 안 걸까요?
가을은 눈으로 볼 수 없는 것들을 뭐든 들여다보는
거울 하나 갖고 사는 것 같아
이른 봄부터 문신처럼
온몸에 새겨왔을 문장들, 난 상상 못했거든요

나뭇잎이라 부르지 않고 새라고 부르면 안 될까요?
절규하는 거 같잖아요
말하려다 이 말 역시 그녀를 무겁게 할 것 같아
그녀 마음을 되도록 건드리지 않으려고
말을 가눴다

새들 좀 봐
저 새들 어쩌면 저렇게 나뭇잎들 같을까요?

내 목소리가 새떼로 태어난 나뭇잎들에게 건너가기도 전에
침략자 같은 어둠이 바람을 집어삼킬까봐
불안해지던 저녁이었다

앵두나무에게 배우다

안골 경자씨네 앵두나무
바람에 우네

윗집에서 온 나무야요
이맘때면 열매 수두룩할 텐데
잎들만 싯누렇고
꽃 한 송이 피질 않네요

올봄 윗집 어른 하늘 여행 떠난 걸 아는 모양이라고
경자씨 귀띔하네

걸러지지 않은 채
내 안에서 걸어나간
무수한 말들과
이게 시입네
흘려보낸
익지 못한 감정들

앵두나무 숲에서 걸어나와
뒷덜미를 잡네

집채만 한 돌을 달아
나무 곁에 앉히네

주제넘게 배나무 가지를

소스라치는
배나무 가지에 대고
또 같잖게 말한다

지금
가위질을 멈춘다면
넌 해마다 쥐똥만 한 열매들이나 올망졸망 달고
그게 네 꿈의 끄트머리인 양 착각할 거고
네 의지 바깥으로 뻗어나간 잔가지 속에 묻혀
밤 늦도록 뒤척일 거야

반 뼘짜리 행복에
어수룩하게 갇혀버릴 텐데
괜찮겠어?
철모르고 비어져나오려는 눈물일랑
어리버리 딱정벌레에게나 줘버려

손주아이 놀러오면 네 얘길
들려줄래
매년 네 모습 보러

안골에 오라고 새끼손가락 걸어야지…

눈물 흘리며
그냥 내버려달라는 배나무 가지를
주제넘게
또 쳐낸다

내 눈썹을 가지런히

마당 구석
일제히 고개든 감국들
눈을 반쯤 뜬 감국도 있고
서둘러 활짝 눈뜬 애들도 여럿 보인다

저들에게도 눈썹이 있을까

꽃눈 속으로 자잘한 벌레가 들어간 건지
흙먼지가 섞여 들어간 건지
아예 눈 감고 있는 감국도 있다

저렇게 수수만년 흘러가다가
생이 더 감당되지 않을 때
저들도 사막의 낙타처럼
꽃눈 언저리에 긴 눈썹을 차양막처럼 둘러치게 되는 날 오려나

있어도 그만 없어도 그만이라고
이름 한번 불러준 적 없었던

내 눈썹을 가지런히

쓸어 넘겨본다

어떤 생일까?
세상 누군가에게
잠시라도 눈썹 같은 사람이 된다는 건

포도

포도 익거든 놀러오세요

언덕 아래 하얀집 사람들
지날 적마다
발길 붙드네

시간이 화살촉처럼 흘러가버린다면 좋겠어요
그날
우리 물 같아 좋을 이야기들
지겹지 않을 웃음들 상상하면
나 자꾸 살고 싶어져요

포도송이마다 줄멍줄멍 달아놓은
마음자락들을
도무지 포도나무는 본체만체
딴청만 부리네
약속해라
포도 한 알 혀끝에 대보니 시큼해 눈도 못 뜨겠네

서운해하지 말아요

그대 그리움을
한참 더 익히세요

바람 한 점 없는데
포도 넝쿨이 출렁
푸른 잎새를 뒤집네

산목련

산촌에서 나고 자란
볼 빨간
여자애 같다고 할까요

남정네라곤 아버지랑 말 섞어본 기억밖엔 없는 산골 처자가
대처에 나가 맞선 보던 날에
콩닥거리던
분홍빛 가슴 같다고 해야 할까요

마당에 산목련 나무 한 그루 들이고 싶다
노래 부르던 참이었는데

산행하다 눈에 든 묘목 데려다
뿌리 내렸노라
수줍게 건네고 간 당신

연두 잎새 스칠 적마다
치악산 바람 소리
당신 냄새 어찔어찔하네요

일제히 꽃등 켜고 말 걸어올 거 생각하면
천지에 부러울 일 없습니다

꽃망울 부푸는 날이 오면
나는 나무 위에 올라가
세상을 다 품어안은 사람이 되어 있을 것입니다

해마다 꽃 필 때를 같이해
그대 생각에
사무칠 일만 남았습니다

벚나무

봄 다 지내놓고
상한 뿌리 몇 가닥 가까스로 옮긴 터라
살아줄 것 같지 않다고
죽은 거면 내년에 그 기둥에
능소화 줄기나 올리자며
잊고 지냈는데

앞마당으로 이사한 지 일 년
마른 가지에 연두 잎새 뾰족이 내밀고
당당히 서 있는 거다

단단하지 못하다고
걱정하는 말과 눈빛으로
풀 죽게 했을 텐데
집 떠나 산 지 삼 년
아픈 데 없으세요?
내 걱정은 마세요
자주 전화하는 둘째
연두 잎 돋아난 가지 위에서
웃고 있는 거다

내보이지 않았을 뿐
너 혼자 불 켜고 죽도록 내달렸을 시간
읽지 못했구나

나는
벚나무 어린 가지를
오래도록 쓸어안아보는 것이다

아침에 일어나면 새를 읽어요

심은 적 없는데
조팝 꽃 피어나
대문 앞에 나란히 줄 서서
손님 맞는다

순하고 이쁜 꽃이에요
볼수록 정이 가는군요
지인들 한마디씩 한다

그대들 돌아가고 나면
황량한 마음밭이란 걸 뚫어보던 새가
날 위해
심어준 벗들이죠

아침에 일어나면 맨 먼저 새를 읽어요

전깃줄에 앉아 있는 새 들으라고
나는 자주 목청을 높이고
대답하듯
새들이 지저귄다

내년엔 마당 곳곳에 빈 화분을 더더 놓아둬요
당신 갈 수 없는 골짜기에서 꽃씨를 물어다
톡 톡 톡…
떨궈줄게요

새의 말을 간간이 알아듣게 되면서부터

내게서 떠나간 기쁨들이
돌아오는 소릴 듣는다

잔대 꽃

밥풀떼기만 한 눈을 감실거리며
가지 마, 가지 마, 붙드는데
아뜩하다

뭐든 속속들이 꺼내놓으란다

이제껏
근심을 위한 근심은 아니었느냐고
덜어내 버려야
함께
흔들릴 수 있다고

흔들리다보면
꼬깃꼬깃 지둘러놨던
꽃 . 꽃 . 꽃 .
햇아 잇몸에 돋아나는 젖니처럼
줄지어 나오지 않겠느냐고

끝내 꺼내놓지 못하는
내 마음자락 언저리께로

찾아 들어와서는

나갈 생각을 않는다

새

그날 온 손님들은 잘 가셨나?
오늘
너도 나처럼 혼자구나

앵두등 달린 전깃줄에 앉아
뭐라 뭐라 하는 새

내 맘 안으로 들어와봐
답답해라
새는 자꾸 지즐대고

세상에 새의 말
통역사가 있어서
부를 수 있다면
생이 얼마나 풍성할까

철사 같은 시인, 사과꽃 같은 시인
안부를 자꾸 묻는, 새

동네 한 바퀴

돌고 와서 또
말 거는 새, 그러나

우리는 아무리 다가가려 애써도
모르는 사이
모르기 때문에 날 것인

상처줄 일도 상처받을 일도 없어서
참혹하게 슬픈

작은 위안

윗집 사람들 내려다보면
우리 부부 집 비울 때
늙은 고양이 어정어정 들어와
야생 꽃 곱고 실한 자리 골라 드러눕는단다
뭘 생각하듯 한참 하늘 올려보다 걸어나간단다

농막 삼아 드나든 지 십 년
마당에 풀꽃 가꾸고
돌담 쌓고
텃밭에 푸성귀 심으며 식구들 벙글거릴 때
멀찍이서
못 견디게 쓸쓸하거나 서럽게
인간의 집을 바라만 보고 있었을 야생 있었다는 걸
미처 생각 못했었다

나 모르게 문 바깥에서 떨고 지냈을 목숨 하나
불러들여
내 집인 듯
쉬어가게 했으니

시 한 편 쓰듯 살아낸 십 년
아주 쓸모없었던 일만은 아니지 않으냐고
추운데 나가 있던 나를 불러
도닥여보는 것이다

언제까지고 이 별에 남아

시 쓴답시고
하늘 바람 나무 민들레 노을 별빛 새 나비 강아지 고라니
좋은 사람들…
허락 없이 가져다 쓰고
우려먹은 죄
저들 속 깊이 뚫어 적지 못해
쓸쓸하게 했을 죄까지 보탠다면
내 빚은 얼마나 될까?
돌아가기 전
갚아야 하지 않겠어요?
청천벽력 같은 소리
바람결에 듣는다
그들 앞에 내놓을 이렇다 할 시 한 편 떠오르지 않는데
머릿속을 후려치는 소리
잠을 통째 흔든다

이자 쳐서 빚 갚고
폐업할 날 오기는 할까?
정든 이웃들 이승에서의 기억 개운하게 털고
사라지는데

넌 아직 청산해야 할 빚이 남아 있구나
영혼을 관장하는 분 날 놓지 않아
언제까지고 이 별에 남아
되지도 않는 시 쓰게 되는 건 아닐까?

창살로 둘러쳐진 별 안에 갇힌 사람 하나
살려달라 애원하는데

창살 밖
깜깜하다
적막하다

가시연에게 들키다

안골 솔이네 가시연이
꽃문을 열었다

고민 있어요?
하루에 한 줌씩
당신 무게를 덜어내세요

누군가의 안으로 들어가지 못한 채
오돌거리며
자주 불편해하고 있다는 걸
가시연꽃 선생님들은 아는 듯하다

연못 교실 문 활짝 열어놓고

당신을 열심히 허물어버리세요
웃음 돌려줄게요
손짓해 부르는데

바람 구두를 신고
득달같이 달려가려는 내 발걸음을
누가 자꾸 붙드나

생을 긍정하는 지혜와 성찰

이홍섭/ 시인

1. 시인으로서의 자의식

시인은 시를 쓰는 한 시의 본질과 시의 효용에 대한 고민을 놓지 않는다. "시란 무엇인가?" "시는 어떠한 구실을 하는가?"라는 거창한 제목으로 문학개론서나 시론서의 서두를 장식하는 이들 질문 앞에서 시인은 마치 채무자처럼 압박을 받거나, 죄인처럼 머리를 조아린다. 그만큼 시인에게는 이들 질문이 존재 증명의 채근과도 같기 때문이다.

한기옥의 시집『세상 도처의 당신』에는 시의 효용에 대한 질문을 담고 있는 시들이 산재해 있다. 시의 효용에 대한 이러한 질문은, 시의 본질에 대한 성찰과 더불어 시인으로서의 자의식을 강하게 드러낸다. 시인의 이러한 자의식은, 이번 시집을 더 잘 이해하고 감상할 수 있는 길잡이 역할을 한다.

내 시 한 편이

누군가에게
술 신의 반, 혹은 반의 반절이라도
힘이 되고 위안이 되어준 적은 있나

화가 나고 쓸쓸해 견딜 수가 없는 것이었다

—「내 시 한 편이」 부분

저이가 파는 행복나무
거실에 데려다 물 주면
세상 어떤 액운도 물리쳐줄까
나 행복이 넘치는 사람 되어
행복이 물큰물큰 묻어나는 시를
만나는 이에게 선물할 수 있을까
캄캄한 세상이 내 시를 선물 받고
환해질 수 있을까

—「행복나무 파는 사람」 부분

"이른 아침/ 취한 얼굴로/ 아파트 마당을 휘젓는 남자"를 보며 쓴 앞의 시는 시가 누군가에게 힘이 되고 위안이 되어야 한다는 시인의 생각을, "행복나무 파는 풍물시장 꽃가게 여사장"을 보며 쓴 뒤의 시는 시가 행복을 전해주고 이를 통해 캄캄한 세상을 환하게 밝히는 역할을 해야 한다는 생각을 담고 있다.

"있나" "있을까"라는 의문형 종결어미에서도 알 수 있듯이,

시인은 자신의 시에 대한 효용성에 대해 질문하면서 동시에 시인으로서의 자의식을 강하게 드러내고 있다.

시의 기능과 효용에 대한 질문은 시라는 장르가 만들어질 때부터 시작되었다. 일반적으로 실용설과 쾌락설, 공리설과 심미설 등으로 정의되는 이러한 기능과 효용은, 근대에 들어 연구자들로부터 상호배타적인 관계가 아니라 상호보완적인 관계를 맺는다는 평을 받고 있다. 독자가 실용적이고 공리적인 시를 읽으면서 정신적 만족감과 즐거움을 동시에 얻으면 이는 보완적인 관계가 되는 것이고, 독자가 정신적 만족감과 즐거움을 느끼면 시는 이미 공리적이고 실용적 기능을 담당한 것으로 볼 수 있다는 견해이다. 다만 이 두 가지 기능 가운데에 어느 쪽에 더 무게를 두느냐는 독자와 시인의 선택에 달렸다.

한기옥의 시는 기능과 효용의 측면에서 심미적인 것에서 공리적인 것으로, 고대 로마 시인 호라티우스의 표현을 빌려 말하자면 '감미로운 것'에서 '유익한 것'으로 진화해왔다. 첫 시집 『안개 소나타』에서 이번 네 번째 시집까지의 도정이 이를 증명한다.

세상에
음악이니 섬이니 나무들이니
하는 것들이 없었다면 어땠을까요
그날 이후
당신이 내게
느린 음악처럼 다가와주었을까

호수에 비친 섬 그림자처럼
잔바람에 떨던 어린 나뭇가지처럼
다가와주었을까

그날
당신을 향해 있던 내 마음이
음악이며 섬이며 강물에
한없이 닿아 있었노라
그렇게라도 내 사랑을 고백하지 못했다면 …

—「춘천에서」 부분

산다는 건
그대와 나 사이
거북이 등처럼 갈라진 틈새 하나 찾아내
물 한 컵 붓는 일
꽃잎 같은 안부의 말 한두 마디 얹는 일일지 모르겠다

온종일
뜨끈한 것들이
몰려왔다

—「온종일 뜨끈한 것들이」 부분

첫 시집의 배경이 되었던 춘천 시절의 흔적이 배어 있는 앞의 시는 '당신'을 향한 '나'의 순정한 마음이 주를 이루는 작품이라면, 뒤의 시는 '그대'와 '나' 사이의 틈새를 메우는 행동이 주를 이루는 작품이다. 호라티우스의 표현을 빌리면, 앞의 시는 '감미로운 것'에, 뒤의 시는 '유익한 것'에 각각 초점이 맞춰져 있다.

2. 지혜와 성찰의 시

시를 '유익한 것'으로 여기는 관점은, 시가 삶의 지혜와 성찰을 담는 그릇이 될 수 있다는 믿음에 근거한다. 앞서 인용한 시 「온종일 뜨끈한 것들이」에서도 이미 등장했듯이, 시인은 어떤 대상이나 현상으로부터 얻은 지혜와 깨달음을 "산다는 건"이라는 표현을 통해 갈무리하고자 한다.

> 풀처럼 산다는 건 아무나 할 수 있는 일이 아니겠지만
> 흉내라도 낼 수는 있지 않겠냐고
> 어린 풀들을 손으로 쓸어볼 적이면
> 온몸으로 배어드는 풀물이
> 오래도록 가슴 저리게 하는 것이다
>
> —「풀」 부분

> 산다는 건
> 평생을 걸려
> 누군가를 다독일
> 한칼의 문장 고르고 마름하는 일일지 모르겠다
> 그 한칼의 문장
> 나 지금 제대로 다듬는 중일까

바람이 맵차다

—「한칼의 문장」 부분

나보다 잘나고 돈 많은 사람도 열어보면
다 힘들고 아파요
산다는 게 그래요
재봉틀 앞에 앉은 지 오십 년쯤 됐어요
일할 수 있어서 꿈 같아요

수선집 와보면
누구든 안다

그대가 들려주는 인생 노래가
얼마나
반짝이는 보석상자인가를

—「수선집에서」 부분

첫 번째 시는 "몸으로 말하는 풀들"의 생리와 생태를 통해, 두 번째 시는 "딸 아이 남자 친구를 소개받고/ 고민하던 때" 구순의 어머니에게서 들은 "인생 별거 없다"라는 말을 통해, 세 번째 시는 수선집 아주머니의 행위와 말을 통해 각각 삶의 지혜와 성찰을 얻는 과정을 그리고 있다.

인용한 시들의 순서처럼, 시인이 삶의 지혜와 성찰을 얻는 대상은 자연, 가족과 친지, 이웃 등으로 나누어 살펴볼 수 있다. 첫 번째 시의 한 구절 "몸으로 말하는 풀들이 난 좋다"에서 알 수 있듯이, 시인이 자연에서 얻는 지혜는 주로 자연물의 생리, 생태와 관련이 있다. 시인은 이를 통해 이 시에서 "세 치 혀"라고 표현한 세계의 대척점에 있는 '몸'의 세계, 즉 "모든 걸 걸고 말하는" 세계에 대한 성찰과 경외감을 드러낸다. 특히 이번 시집에는 시인의 농막이 있는 '안골'에서 만난 자연과 이들의 생태에서 얻은 삶의 지혜와 성찰을 다룬 시들이 많이 실려 있다.

가족에게서 얻는 삶의 지혜와 성찰도 다채롭게 펼쳐진다. 아버지에게는 삶과 죽음의 의미(「산등성이 너머로 가는 길이」)를, 어머니에게는 세상을 이해하고 받아들이는 지혜(「한칼의 문장」「어머니經」「된장을 담그며」)를, 남편에게는 함께 늙어가는 것의 의미(「남편과 나」「그러니까 늙은 게 아니고」)를, 시를 쓰는 외삼촌에게는 시쓰기의 의미 (「외삼촌」)를 각각 얻는다.

시인이 지혜와 성찰을 얻는 이웃 또한 "주택재개발 단지에서 일하는/ 남편 친구"(「불판에 코를 박으며」)로부터 "풍물 장날/ 나물 팔러 나오는 팔순 여인"(「그래도」)에 이르기까지 그 직업과 나이가 다양하다. 시인은 이들로부터 세상을 이해하는 지혜와 더불어 자신이 살아온 길을 더듬어보는 성찰을 얻는다.

3. 명사구문 '~ 것이다' 활용의 의미

이번 시집에서 표현상 두드러진 것은, 시인이 삶의 지혜와 성찰을 그려내면서 여러 편의 시에서 명사구문 '~ 것이다' '~ 것이었다'를 적극 활용한다는 점이다. 우리 시에서 일찍이 이러한 명사구문을 적극 활용하여 진경을 펼쳐 보인 시인으로는 백석이 으뜸으로 손꼽힌다. 서술어가 명사로 끝남으로써 동사나 형용사로 끝나는 구문과는 다른 의미자질을 갖는 이 표현방식은, 백석의 대표 작품 중 하나인 「남신의주 유동 박시봉방」에 이르러 절정에 이른다.

한기옥의 시에서 '~ 것이다'가 어떤 의미자질을 갖는가는 다음 두 편의 시를 살펴보면 확연하게 느낄 수 있다.

내일도
모래바람 속에서
그녀는
뜨겁게 죽어가며
시퍼렇게 살아남을 것이다

—「세계여! 사랑 안으로 걸어 들어가」 부분

행여
부끄러운 속내 열꽃처럼 돋아나기라도 할까봐
나는 옥양목 머플러로 연신
얼굴과 목을 가리며
딴청을 부려보곤 했던 것이다

—「옥양목 머플러」 부분

앞의 시에서 "것이다"는 우리가 통상적으로 산문에서 사용할 때의 의미자질을 크게 벗어나지 못하고 있지만, 뒤의 시에서 이 표현방식은 독특한 시적 효과를 발현하고 있다. 낭송을 위한 목적으로 쓰인 것으로 추정되는 앞의 시에서 이 표현은 시인의 의지가 담긴 미래지향적인 뜻을 함의하고 있는데 반해, 뒤의 시에서 이 표현은 나의 부끄러움을 전면적으로 드러내지 않는, 객관화의 한 방식으로 사용하고 있다. 만약 시인이 "했던 것이다"라는 표현 대신 "했다"라는 표현을 사용했을 경우 이 시의 맛은 달라졌을 것이다. 아래 시들은 이 표현의 다양한 변주를 잘 보여준다.

바람에 몸 뒤집는 시래기 속에서
살아 있는
부처도 읽히고 예수도 읽히는 것이다

—「저 바닥 모를 사랑이」 부분

시 한 편 쓰듯 살아낸 십 년
아주 쓸모없었던 일만은 아니지 않으냐고
추운데 나가 있던 나를 불러앉혀
도닥여보는 것이다

—「작은 위안」 부분

세상을 향해 뾰족하게 날 세우고 산 시간 속
좀처럼 무뎌지지 못하던 생각들을
알처럼 동글동글 닦아

내놓는 것이었다

—「안골 김시창 씨」 부분

나는 어떤 대답도

다 늦은 말 같아서

불판에 코를 박으며

이 집 고기 맛있다는 말만 되풀이하는 것인데

뾰족한 뭔가 가슴 깊은 데를 사정없이

후벼파는 것이다

—「불판에 코를 박으며」 부분

위의 시에서도 알 수 있듯이, 시인은 '~ 것이다'와 '것이었다'의 사용에서도 차이를 보인다. '~ 것이다'를 주로 대상의 상태나 현상으로부터 얻은 나의 순수한 지혜나 깨달음을 표현할 때 활용하는 반면, '~ 것이었다'는 주로 대상의 말이나 행위로부터 얻은 내적인 성찰을 그려낼 때 활용한다. 물론 이러한 차이가 극명하게 드러나는 것은 아니지만, 시인은 각 시의 리듬과 어조에 맞추어 이를 적절하게 운용하고 있다.

4. 생을 긍정하는 노래

시인이 이번 시집에서 시인으로서의 자의식 속에 시의 기능과 효용에 대한 질문을 던지며 끊임없이 삶의 지혜와 성찰을 구하는 것은, 궁극적으로 생을 긍정하고자 하는 욕망의 실현이라고 할 수 있다. 앞서 살펴보았듯이, 시인은 자연과 가족, 그리고 가까운 이웃들의 생태와 삶에서 생을 긍정하는 지혜와 성찰을 구하고, 이 세계가 노래로 가득하길 염원한다.

포클레인이 찔레나무 둔덕을 파헤치고 간 다음 날
동박새 한 마리 잘려나간 나무 둥치에 앉아 해 지는 줄
모르고 지저귄다

집과 아이들을 잃었을 텐데
거짓말하고 있는 거 아니니?
노래하는 듯 보이잖아
혀끝에 맴도는 말들을 참으며
천천히
그의 가락에 익숙해질 즈음
노랫말이 들리기 시작했다

슬픔의 맨 끝방으로 가봐
너의 생이 최대한
슬픔을 다스리는 일에 정직해졌으면 좋겠어

세상에 노래가 될 수 없는 생이란 없단다

—「새가 와서」 전문

위의 시에서 시인은 집과 아이들을 잃었을 동박새의 노랫말을 빌려 "세상에 노래가 될 수 없는 생이란 없단다"라는 성찰을 이끌어낸다. 이러한 성찰은, 그 어떤 슬픔과 고난이 닥쳐오더라도 이를 다스리면서 앞으로 나아가야 한다는 도저한 생의 긍정이 담겨 있다.

생을 긍정하는 이러한 시인의 목소리는, 아침 뉴스의 클로징멘트를 듣고 난 뒤 쓴 시의 한 구절 "노래하듯 살라고/ 당신 노래 흘러가/ 세상이 환해졌으면 좋겠다고/ 분명 내일은 어제보다 세상이 한 뼘쯤 나아질 거라고…/ 말하는 것 같아// 종일/ 가슴이 뛰는 것이었다" (「클로징멘트」) 에 선명하게 나타나 있다.

삶과 세계를 바라보는 시선은 시인마다 각각 다르게 나타난다. 어떤 시인은 '비극적 세계관'을 통해 삶과 세계의 비극성을 전면적으로 드러내는가 하면, 어떤 시인은 삶을 긍정하는 세계관을 통해 이 삶과 세계가 살만하다는 것을 부각시키기도 한다.

한기옥 시집 『세상 도처의 당신』은 자연과 가족, 그리고 가까운 이웃들의 삶과 생태에서 얻은 지혜와 성찰을 통해 이 삶과 세계가 살 만하다는 긍정을 보여주었다는 점에서 후자의 세계에 가깝다고 할 수 있다. 이러한 긍정의 시세계가 시인에게는 시인으로서의 자의식을 달래주는 힘으로, 독자에게는 슬픔과 고난을 극복할 수 있는 치유의 힘으로 작동할 것이다.

현대시세계 시인선 154
세상 도처의 당신

지은이_ 한기옥
펴낸이_ 조현석
기 획_ 김정수, 우대식
펴낸곳_ 북인
디자인_ 푸른영토

1판 1쇄_ 2023년 10월 12일
출판등록번호_ 313 - 2004 - 000111
주소_ 121 - 842 서울 마포구 서교동 460 - 34, 501호
전화_ 02 - 323 - 7767
팩스_ 02 - 323 - 7845

ISBN 979-11-6512-154-9 03810

이 도서는 강원특별자치도 강원문화재단
후원으로 발간되었습니다

책값은 뒤표지에 있습니다.
저자와 협의 아래 인지를 생략합니다.

현대시세계 시인선

● 한기옥의 시집『세상 도처의 당신』에는 시의 효용에 대한 질문을 담고 있는 시들이 산재해 있다. 시의 효용에 대한 이러한 질문은, 시의 본질에 대한 성찰과 더불어 시인으로서의 자의식을 강하게 드러낸다. 시인의 이러한 자의식은, 이번 시집을 더 잘 이해하고 감상할 수 있는 길잡이 역할을 한다.

한기옥의 시는 기능과 효용의 측면에서 심미적인 것에서 공리적인 것으로, 고대 로마 시인 호라티우스의 표현을 빌려 말하자면 '감미로운 것'에서 '유익한 것'으로 진화해왔다. 첫 시집의 배경이 되었던 춘천 시절의 흔적이 배어 있는「춘천에서」는 '당신'을 향한 '나'의 순정한 마음이 주를 이루는 작품이라면,「온종일 뜨끈한 것들이」는 '그대'와 '나' 사이의 틈새를 메우는 행동이 주를 이루는 작품이다.

시를 '유익한 것'으로 여기는 관점은, 시가 삶의 지혜와 성찰을 담는 그릇이 될 수 있다는 믿음에 근거한다. 아버지에게는 삶과 죽음의 의미(「산등성이 너머로 가는 길이」)를, 어머니에게는 세상을 이해하고 받아들이는 지혜(「한칼의 문장」「어머니經」「된장을 담그며」)를, 남편에게는 함께 늙어가는 것의 의미(「남편과 나」「그러니까 늙은 게 아니고」)를, 시를 쓰는 외삼촌에게는 시쓰기의 의미(「외삼촌」)를 각각 얻는다.

한기옥 시인이 시인으로서의 자의식 속에 시의 기능과 효용에 대한 질문을 던지며 끊임없이 삶의 지혜와 성찰을 구하는 것은, 궁극적으로 생을 긍정하고자 하는 욕망의 실현이라고 할 수 있다. 시집『세상 도처의 당신』은 자연과 가족, 그리고 가까운 이웃들의 삶과 생태에서 얻은 지혜와 성찰을 통해 이 삶과 세계가 살 만하다는 긍정을 보여주고 있다. 이러한 긍정의 시세계가 시인에게는 시인으로서의 자의식을 달래주는 힘으로, 독자에게는 슬픔과 고난을 극복할 수 있는 치유의 힘으로 작동할 것이다.

— 이홍섭/ 시인

값 11,000원

ISBN 979-11-6512-154-9